3 4028 08946 6578
HARRIS COUNTY PUBLIC LIBRARY

W9-AMO-586

Título original: *Munkeln im Dunkeln*

Colección libros para soñar®

Rúa de Pastor Díaz, n.º 1, 4.º B - 36001 Pontevedra
Tel.: 986 860 276
editora@kalandraka.com
www.kalandraka.com

Impreso en Gráficas Anduriña, Poio
Primera edición: julio, 2018
ISBN: 978-84-8464-402-6
DL: PO 314-2018

DANIELA KULOT

Bromas en la oscuridad

kalandraka

Aquella noche era la primera vez
que la liebre Herminia y el gusano Ringo
se quedaban a dormir en casa del oso Baldo.

Mamá liebre y papá gusano estaban un poco nerviosos.

–¿Habéis traído todas vuestras cosas?

–¡Sí! –respondieron Herminia y Ringo–. ¡Hasta mañana!

Después, los tres amigos, en compañía
de los padres de Baldo, cenaron estupendamente.
Cada uno comió de lo que más le gustaba.

–Y, ahora, ¿a qué jugamos? –preguntó Baldo cuando terminaron de cenar.

–A los fantasmas –respondió Herminia.

Herminia y Baldo se disfrazaron de fantasmas
con sábanas viejas. Pero a Ringo no le gustaba disfrazarse,
y prefirió hacer de técnico de iluminación.

–¡Ya hemos jugado bastante!
Ahora tenemos que lavarnos los dientes.

–Lavarse los dientes es muy importante,
especialmente para los gusanos –dijo Ringo.

Él estaba un poco asustado,
aunque nunca se lo diría a sus amigos,
porque se supone que los gusanos
nunca deben tener miedo a los fantasmas.

–Y, ahora, a ponerse los pijamas –dijo Herminia.

Ella estaba un poco cansada,
aunque nunca se lo diría a sus amigos,
porque se supone que las liebres nunca se cansan,
ni siquiera por las noches.

Después de lavarse los dientes
y de ponerse los pijamas,
se fueron a la habitación.

¡Batalla de almohadas!

¡Viva!

Cuando se acabó la batalla de almohadas…

–Papá, ¿nos lees un cuento? –preguntó Baldo.

–Claro que sí –dijo papá oso–. Se duerme mucho mejor después de oír un bonito cuento.

Baldo, Herminia y Ringo
se acurrucaron entre las mantas.

El papá leyó y leyó hasta la última página
y cerró el libro muy despacito.

Papá oso les dio un beso en la nariz a cada uno y apagó la luz.

–Buenas noches, que durmáis bien… –dijo con voz suave.

¡Buenas noches!

Los tres amigos cuchichearon un rato en la oscuridad. Entonces, Ringo encendió la linterna y comenzó a hacer sombras gigantes en la pared.

–¡Uuuh! Mirad –dijo.

–Ji, ji, ji. ¡Qué miedo! –dijo Baldo, nervioso.

Pero Herminia, que estaba mirando hacia la puerta con ojos muy abiertos, gritó:

–¡Ahí hay algo!

Baldo y Ringo giraron la cabeza. Y Herminia y Ringo gritaron:

–¡PAPÁÁÁÁ!

–¡MAMÁÁÁ!

–Pero si es… –comenzó a decir Baldo.

De repente, se abrió la puerta y entraron en la habitación mamá y papá oso, que habían oído los gritos.

Fue entonces cuando Ringo y Herminia
se dieron cuenta de que el fantasma era la sombra
de la planta que mamá liebre y papá gusano
habían llevado de regalo.

Los tres amigos se miraron
y comenzaron a reír a carcajadas.
Pero papá y mamá oso no entendían nada.

–¿Estáis bien? ¿Queréis que os llevemos a casa?
–preguntó la mamá osa.

–No, no hace falta –contestó Herminia riendo.

Y Ringo añadió:

–Tenemos que hacerle compañía a Baldo,
para que no tenga miedo a los fantasmas.

Después, los tres amigos se sintieron muy cansados.
Y, en cuanto mamá y papá oso cerraron la puerta,
se quedaron profundamente dormidos.

A la mañana siguiente:

Después de una noche de fantasmas,
hay que desayunar muy bien.
¡Qué rico estaba todo!

Al cabo de un rato, sonó el timbre de la puerta.
Eran mamá liebre y papá gusano,
que venían a recoger a sus hijos.

–¿Os lo habéis pasado bien? –preguntó mamá liebre.

–¡Sííííí! –contestaron los tres amigos.

–Pues la próxima vez podréis venir a dormir a nuestra casa –dijo papá gusano.

–¡Qué bien! –exclamaron Herminia, Ringo y Baldo.

–Y os prometo que mis papás no llevarán ninguna planta –dijo Baldo.

5